U0909879

金顶夕照

鱼嘴分水

可汗大足印

贺兰山岩画

苏堤春晓

怒江溜索

黔黑叶猴

扬州琼花

中国财富出版社

图书在版编目（CIP）数据

旅中咏／黄德启著. —北京：中国财富出版社，2018.12
ISBN 978-7-5047-6831-5

Ⅰ. ①旅… Ⅱ. ①黄… Ⅲ. ①诗词—作品集—中国—当代 Ⅳ. ①I227

中国版本图书馆 CIP 数据核字（2018）第 283182 号

策划编辑 李 丽 郝婧婕 责任编辑 齐惠民 郝婧婕
责任印制 梁 凡 郭紫楠 责任校对 孙会香 卓闪闪 责任发行 张红燕

出版发行 中国财富出版社
社 址 北京市丰台区南四环西路 188 号 5 区 20 楼 邮政编码 100070
电 话 010-52227588 转 2048/2028（发行部） 010-52227588 转 321（总编室）
010-52227588 转 100（读者服务部） 010-52227588 转 305（质检部）
网 址 http://www.cfpress.com.cn
经 销 新华书店
印 刷 北京京都六环印刷厂
书 号 ISBN 978-7-5047-6831-5/I·0286
开 本 880mm×1230mm 1/32 版 次 2019 年 3 月第 1 版
印 张 2.25 彩 页 4 印 次 2019 年 3 月第 1 次印刷
字 数 25 千字 定 价 18.00 元

自序

余童时就学，师长曾选古诗词中清丽、隽永者相授，但求熟诵，不求甚解。中学时师析唐诗，令余始有所悟。其后数十年间，余虽专攻科技，然随知识之渐长，记忆中诸多好词妙句竟不时萦回耳际、浮现脑海，并对其逐步加深理解，越发喜爱。

退休后，余偕妻畅游名胜、饱览风景，迄今已二十余年。途中感悟良多，不可无文，遂写诗填词，予以记录。再研读名家专著，边学边改，力求完善。终依《中华通韵》，得百余首。现择其中六十二首汇成一集，名之曰《旅中咏》。不当之处，尚望教正。

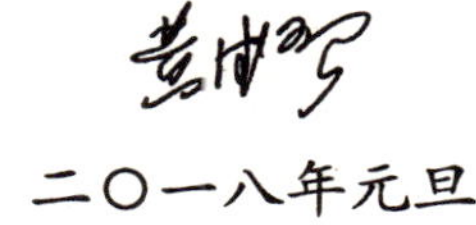

二〇一八年元旦

目录

古体诗

近体诗

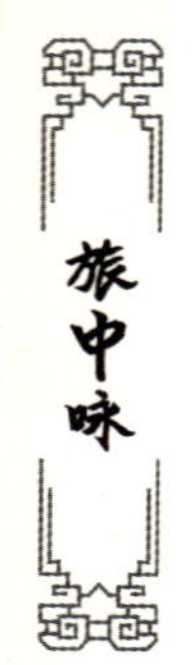
旅中味

词

古体诗

登峨眉山[①]金顶

风和日丽绝顶行[②]，
杜鹃花开草初生。
不为子孙祈福祉，
愿向高僧问佛经。
圣哲学说重修己，
人生意义在攀登。
佛光圣灯皆虚幻，
最喜金顶夕照明。

一九九七年五月一日

① 在四川峨眉山市。

② 佳节登顶，游人如潮；夜宿禅舍，僧敬年高。

泸沽湖[①]探奇

泸沽芳名天下闻，
靓女支书待客忱。
湖如明镜载槽舨，
山似雄狮护女神。
祖母当家舅育幼，
女儿留闺郎走婚[②]。
唐有丹巴东女氏，
今有泸沽摩梭人。

一九九七年五月六日

① 在云南宁蒗彝族自治县与四川盐源县交界处。

② 当地习俗：男女相爱后，女不嫁出，黄昏男去女家留宿，凌晨即出，所生子女归女家。

怒江大峡谷[1]印象

山高谷深碎石滚，
雾散天朗两岸青。
浊浪滔天暴龙怒，
钢索[2]横江乡人行。
奇峰石月白昼照，
多脚木楼炊烟升。
高黎贡山红日落，
登埂温泉蒸气腾。

二〇〇三年十月三日

① 在云南怒江傈僳族自治州。

② 溜索，乃锚固于两岸之钢丝索，一端高，一端低。过江人将滑轮挂于索上，轮下系布带兜身，借重力与惯性溜渡。姑娘着民族服装飞渡，宛如凌波仙子。

汉张留侯祠[1]怀古

古邳圯下甘拾履，
博浪沙道敢椎秦。
破楚兴汉功勋著，
辞官让爵美名闻。
心怀愚忠文种死[2]，
智占先机范蠡奔。
留侯盛年研黄老，
英雄神仙第一人。

二〇〇三年十月十四日

---

① 在陕西留坝县。

② 《史记·越王勾践世家》："蜚鸟尽，良弓藏；狡兔死，走狗烹。"

壶口瀑布[1]

西来黄河恋三山[2]，
滋润河套变江南。
蜿蜒迂回入壶口，
汹涌咆哮跌深渊。
飞瀑悬挂如匹素，
激流翻腾冲石滩。
水雾随风化为雨，
前头游人湿衣衫。

二〇〇三年十月二十日

① 在陕西宜川县与山西吉县交界处。

② 贺兰山、狼山与大青山。

温州会亲友

雁荡[①]楠溪[②]尽览，
海鲜山味精烹。
娓娓闲谈频赤，
依依不舍意诚。

二〇〇四年五月十三日

① 北雁荡山，在浙江乐清市。

② 楠溪江，在浙江永嘉县。

贺兰山岩画[①]

先民图腾，
凿磨刻成。
风格古朴，
线条简明。
或为人面，
或为众牲。
食兮充裕，
族兮添丁。

二〇〇五年七月四日

① 在宁夏贺兰县。

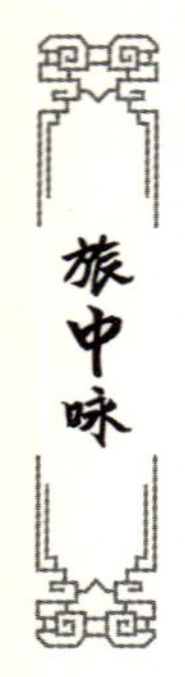

喀纳斯湖[①]见闻

深山密林空气新，
幽谷长湖景奇珍。
万顷碧波色常变，
千米枯木堤自陈。
雨后佛光生幻影，
深秋红叶醉游人。
看罢可汗大足印[②]，
企盼水怪再现身。

二〇〇七年九月二十六日

---

① 在新疆布尔津县。

② 相传系成吉思汗西征时所留足印。

过宋皇陵[①]

夹马营中赵大郎，
仗义扶弱送京娘。
一条齐眉定天下，
半部《论语》立纲常。
削藩倡农固国本，
兴学取士得栋梁。
黄袍加身宋太祖，
千年安息在永昌。

二〇〇九年四月十三日

① 河南巩义市北宋皇陵。

洛阳访牡丹

春光明媚百花芳，
我来寻访花中王。
赵粉洛红魏家紫，
宋白豆绿姚氏黄。
姹紫嫣红竞国色，
千娇百态吐天香。
今人善施基因术，
所享远胜唐明皇①。

二〇〇九年四月十四日

① 《唐诗三百首》（蘅塘退士编，陈婉俊补注）载，当年唐明皇与杨贵妃于沉香亭赏木芍药（今牡丹），仅“数本红、紫、浅红、通白者”。而今经科学培植，洛阳牡丹已逾千种。

初上井冈[1]

惜别牡丹向江南，
千里跃进井冈山。
黄洋界上观云海，
青龙瀑下觅龙潭。
五指峰前拳五指，
杜鹃廊内赏杜鹃。
风景良多力不继，
探奇访胜待来年。

二〇〇九年四月十九日

① 在江西井冈山市。

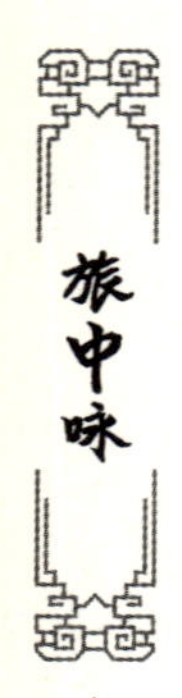

南水北调中线通水

南丰北欠源自然，
适度调配人胜天。
凿洞建渠三千里，
攻坚克难十一年。
大坝[①] 高筑抬汉水，
天河自流通京园[②]。
珍惜涓滴君须记，
资源不竭民心安。

二〇一四年十二月十二日

---

① 湖北丹江口市丹江口水库大坝。

② 南水入北京颐和园团城湖。

近体诗

海上日出

一九五四年夏，余航行海上，多次见日出瑰丽景象，至今难忘。现追记之。

人头攒动向东张，
天际鱼白变赤黄[1]。
旭日沉浮波浪里，
跃出沧海放红光。

一九八四年一月十七日

① 赤黄即金色。

秦兵马俑①

头梳发髻衣戎装，
步勇骑师气势昂。
壮士边疆鏖战死，
魂归陶俑卫秦皇。

一九八五年九月

① 在陕西西安市临潼区。

金地藏

九华[1]清净地，
王子[2]苦修行。
趺坐尘缘了，
禅通智慧生。
饮汤虫豸去，
辟谷胃肠清。
圆寂身弗腐，
幽冥地藏灵。

一九八八年十月

① 安徽青阳县九华山。

② 新罗国王子金乔觉，唐代到九华山修行。据传，王子圆寂后，其肉身被供于月身宝殿，后世尊之为地藏菩萨。

黄山[1]猴子观海

寂寞石猴踞兀岩，
遥观云海泪潸潸。
身临胜地思乡景，
花果山中有洞天。

一九八八年十月

① 在安徽黄山市。

人　　熊

类人行走迅如风，
面若猿猱体像熊。
遇客直扑攫手腕，
客商双腕套竹中[1]。

一九九一年四月

① 重庆万州区传闻：人熊（野人？）捉人后狂笑而昏，但不释手，苏醒再啖。行人预先套竹筒于腕，可乘机褪筒逃脱。

中俄边贸

一衣带水两城[1]间，
民贸兴隆众甚欢。
此地行商袭古法，
但收实物不收钱。

一九九一年八月

① 黑龙江黑河市与俄罗斯布拉戈维申斯克市。

夜游赌城[①]

流光异彩雅而新，
接踵摩肩少噪音。
四海奔来因底事？
可怜多是梦中人。

一九九三年三月

① 在美国拉斯韦加斯市。

过悬空寺[①]二首

一

绝壁修阁道，
鲜卑创北朝。
兵房成庙宇，
策士智谋高。

二

楼阁依峭壁，
恰似欲飞龙。
身被坚岩锁，
千年挂半空。

一九九五年七月

---

① 在山西浑源县。

日月山　倒淌河[1]

文成入藏岭[2]前停，
满目苍凉郁悒生。
惟见茫茫原上草，
尤思闪闪殿中灯。
泪珠滴水河回淌，
铜镜留山景愈明。
自古唐蕃多逸事，
尚须诸位细心评。

一九九五年七月十九日

① 在青海湟源县。

② 赤岭，即日月山。

鸣沙山　月牙泉①

橙黄砂粒起风鸣，
弯月泉池水欲盈。
白玉有瑕游客叹：
团团驼矢路边呈②。

一九九五年七月二十五日

① 在甘肃敦煌市。

② 当时情景，今已改观。

葡萄沟[1]

火焰山旁好果园，
葡萄架下舞翩跹。
坎儿井[2]蓄冰川水，
浇得葡萄分外甜。

一九九五年八月一日

① 在新疆吐鲁番市。

② 当地一种地下引水灌溉系统。

喀什香妃[①]墓

明艳绝伦体异香，
将军强掳献君王。
思亲恋土人憔悴，
一缕香魂返故乡。

一九九五年八月二十二日

① 清乾隆妃。传说此女自幼体有异香，被称为“伊帕尔罕”（维语“香姑娘”之意）。河北遵化市清东陵另有香妃墓。

乾陵[①]无字碑

碑身无半字，
陵地有双峰。
千载难评定，
斯人过与功。

一九九五年八月二十八日

① 在陕西乾县。

鼋头渚[1]奇遇

冬令一晴日，余游鼋头渚。始入渚，大雾骤起湖上，迅即朝渚奔来，浩浩漫漫，霎时天地混一，游人噤声。俄而雾收天清。

弥天雾起眼朦胧，
景物重回混沌中。
此刻恍如身在梦，
瞬间寻雾已无踪。

一九九五年十二月

① 在江苏无锡市。

都江堰[1]渠首

鱼嘴分岷水[2]，

泥沙堰上飞。

宝瓶生沃土，

蛟怪锁离堆。

一九九七年四月二十九日

① 在四川都江堰市。

② 岷江水。

夜宿海螺沟[①]二营

汩汩温泉洗倦容，
肴香阵阵腹觉空。
夕将电毯烘虫草，
朝见衣湿怨露浓。

一九九七年五月十三日

① 在四川泸定县。

长白山天池[①]四首

一

女娲昔日补苍天，
借取瑶池碧水潭。
王母怜惜黎庶苦，
长留仙水在人间。

二

天池高耸在山巅，
云雾氤氲掩玉颜。
欲见仙池真面目，
无关富贵看因缘。

① 在吉林安图县。

三

六龄童女敢登山，
不惧艰难向顶攀。
雀跃欢呼云雾净，
几分辛苦几分甜。

四

逍遥伴侣两高工，
同到长白意未穷。
相许百年乘鹤去，
结为仙侣逛天宫。

一九九八年九月九日

邦德海滩[①]一瞥

烈日炎炎暑气蒸，
名滩浴客似沙丁。
翩翩女士光胸腹，
坦荡无拘不避生。

二〇〇一年三月

① 在澳大利亚悉尼市。

考　拉[1]

行动迟迟睡态娇，
性情温顺像家猫。
希君远看休惊扰，
小爪尖锋赛利刀。

二〇〇一年五月

① 此兽为澳大利亚国宝。

黑龙潭①

丽江城北看龙潭，
潭水滢滢触手寒。
圣水雪山相映照，
新奇景色异江南。

二〇〇三年九月二十日

① 即玉泉公园，云南丽江古城水源地。

侗寨鼓楼

近观如塔远如杉，
击鼓传声到各家。
天籁之音出侗寨，
小黄蝉唱法人夸[1]。

二〇〇四年十月二十一日

① 一九九六年，贵州从江县小黄大歌于巴黎演出后，被法国人誉为“清泉闪光之音乐”。

登黔城芙蓉楼有感

名楼一对号“芙蓉”，
此在湘西彼在东①。
君子不争无谓事，
清如冰在玉壶中②。

二〇〇四年十一月十六日

① 前者在湖南洪江市黔城镇，后者在江苏镇江市润州区。闻双方有“正宗”之争。

② 南朝宋鲍照《代白头吟》诗：“直如朱丝绳，清如玉壶冰。”

游泳四首

余善泳，年少即横渡嘉陵江。大学暑期，不时长游于大连海水浴场，游程每逾十里。中年曾畅游洪泽湖。老来以泳技亲授孙辈，益其身心。

一

偕侣溪边戏水忙，
一朝能泭水中央。
少年弗解江流险，
横渡嘉陵斗志昂。

二

泳姿优美胜青蛙，
随兴长游海水滑①。
耳畔不闻人语响，
神怡心旷赶回家。

---

① 海水呈弱碱性。

三

女童方龀好读书，
正是亲人掌上珠。
从祖学蛙[①]得妙谛，
体康形美劲头足。

四

昔游大海水茫茫，
救友湖中不畏凉。
老有腰疾歇卧榻，
神游水府会龙王。

二〇〇五年四月二十六日

① 蛙泳。

永定土楼[1]

积土夯成御盗墙，
形如圆筒或长方。
卫星识作新兵器[2]，
域外谍人昼夜忙。

二〇〇六年四月七日

---

① 在福建龙岩市。

② 外媒猜测：土楼系新型导弹井。

月下听潮[1]

江干人俱寂，
天际夜潮生。
起似闷雷响，
来如万马腾。
月出波浪滚，
涛卷客人惊。
时过白虹去[2]，
心潮久未平。

二〇〇六年十月九日

（丙戌八月十八）

① 在浙江海宁市盐官镇，钱塘江观潮胜地。

② 宋陈师道《十七日观潮》诗：“漫漫平沙走白虹，瑶台失手玉杯空。”

登鹳山春江第一楼①

琼楼玉宇傍青山，
美乐悠扬绕碧潭。
我欲结庐楼侧住，
畅游美景访神仙。

二〇〇七年四月十三日

① 在浙江杭州市富阳区。

乌江吟

壁画长廊寓意奇，
青石板路马蹄疾。
龚滩①古渡今安在？
山上乌猿②自在啼。

二〇〇八年四月二十八日

① 在重庆酉阳土家族苗族自治县。

② 即黑叶猴。

师生甘南、海东游[①]

藏寺游完品藏茶，
草原深处觅山花。
石窟夕照空灵美，
人到天池不想家。

二〇〇八年七月二十五日

① 历览甘肃夏河县之拉卜楞寺、桑科草原、甘加草原，甘肃永靖县之炳灵寺石窟，青海循化撒拉族自治县之孟达天池。

灵　　渠[①]

十分来水取三分[②]，
为运军民设斗门。
终使岭南归大统，
水街新辟乐游人。

二〇〇九年三月二十九日

① 在广西兴安县。

② 建人字形砌石坝将来水分流：七成归湘江，三成经灵渠入漓江。

太行行

红豆杉林落太行，
擎天威武伴一旁。
云台山[①]里天生景，
碧水朱岩映艳阳。

二〇〇九年四月十日

① 在河南修武县。

当代愚公

绝壁凿出郭亮洞①，
悬崖渠就谓“红旗”②。
通车引水泽千载，
当代愚公志不移。

二〇〇九年四月十一日

---

① 在河南辉县市。

② 在河南林州市。

桃园[1]新娘

佳人带笑裹婚纱，
树上桃花映面颊。
郎看娇娘心欲醉，
绯红人面胜桃花。

二〇一〇年四月十三日

① 江苏泰州市凤城河桃园景区。

题便仓①枯枝牡丹

红英透紫色加深，
如玉白葩未染尘。
枝梗炙枯生翠叶，
历经劫难更精神。

二〇一〇年四月二十四日

① 江苏盐城市便仓镇。便仓枯枝牡丹为红白二本，宋末，卞济之将此花灵根自陕西移来。

焦山[①]桂林二首

一

吴刚运斧勤，
桂子落红尘。
高士欣然引，
焦山育桂林。

二

秋日游浮玉[②]，
馨香两岸闻。
近花人欲醉，
忘返立花荫。

二〇一三年十月三日

① 在江苏镇江市。

② 焦山像一块浮于长江中之翠玉，故又名浮玉。

扬州琼花

金蕊含夕露，
八仙聚玉冠[①]。
因耽花秀异，
炀帝误江山[②]。

二〇一四年四月十五日

① 琼花黄蕊白冠。花冠由八朵小花围聚而成，故此花又名“聚八仙”。

② 琼花清秀淡雅、高洁出尘，仙子也。隋之亡，盖因杨广无道耳。

丹徒新城[①]

长山十里好风光，
东麓新城景更良。
广厦华宅拔地起，
贤能俊士创新忙。
大妈学舞身心健，
书圣挥毫气宇昂。
绿树碧波相映衬，
谷阳湖上鸟成双。

二〇一五年二月十九日

（乙未春节）

① 在江苏镇江市。

词

减字木兰花（林园[1]观虎）

隔窗四望，
五虎歇息三虎逛。
此物欺生，
阻住来车不放行。

因何欢跳？
鸡兔几笼刚送到。
休启车门！
猛兽发威可噬人。

一九九八年七月二十八日

① 黑龙江哈尔滨市东北虎林园。

如梦令（赏景偶遇）

香谷[1]风光绝妙，
跨骥边行边照。
兴败野蜂袭，
马闪复闻人叫。
毋躁！
毋躁！
赶脚乡民追到。

二〇〇三年九月二十四日

① 云南香格里拉县香格里拉大峡谷。

蝶恋花（雪峰夕照）

抵德钦县飞来寺不久，夕阳西下，余有幸目睹梅里雪山一大奇观：日照银山，众佛显现。神奇壮丽，震撼人心。途中，过海拔4200米山口后，忽觉心撕头裂，心率骤升，高原反应强烈，服红景天缓解之。

梅里①巍峨终岁雪。
西面无云，
落日余晖射。
蓦见诸佛山顶列，
银装熠熠真奇特。

冰瀑哈达垂两侧。

① 云南德钦县梅里雪山。

护法光环，
闪耀黄金色。
宝相庄严又亲切，
芸芸信众匍匐谒。

二〇〇三年九月二十五日

十六字令（万峰林[1]）

天。
能使青峰聚万千。
田如画，
谁绘众峰间？

二〇〇四年十一月十一日

① 在贵州兴义市。

忆江南（白水洋[①]）

消夏地，

幽谷好清凉。

山育茂林增翠色，

水流石板泛银光。

白鹭自由翔。

二〇〇六年四月十五日

---

① 在福建屏南县。

水调歌头（北固[1]蜡梅）

瑜献美人计，
国太看新郎。
竟结秦晋之好，
亮智令瑜慌。
郡主刚直好武，
得配英雄佳偶，
暗自喜洋洋。
月下习刀剑，
对镜理红妆。

猇亭变，
情难舍，
断肝肠。

① 江苏镇江市北固山。

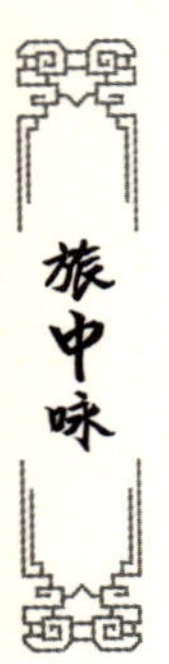

岩崖遥祭夫婿，
纵体入长江。
烈女幽魂不去，
化作蜡梅一束，
傲雪绽花黄。
岁岁寒冬至，
北固散芳香。

二〇一六年十一月二十二日
（丙申小雪）